山岡征勝氏撮影

山岡征勝氏撮影

夫と毎年花見に行った大阪城の桜

我が家の面白いおしろい花

A.T.

M.M.

K.S.

そよ風さんと
シルバーライフ

竹内　生子 *Seiko Takeuchi*

文芸社

もくじ

短歌

そよ風さん

古いノートより

地蔵祭の
輪に加わりて
幸願う
点滴の日々
乗り越えし児と

地蔵祭にて。地元のお寺の住職様（左端）と我が家の三世代（右端より夫、息子、孫）。

短歌　そよ風さん

夜明け前　新聞配りに　やはり行く

十六歳は　風雨も臆せず

通勤路の　コスモス畑に　誘(いざな)われ

会社倒産　間近の夫に

そよ風さん

イベントで
夫ともらった
カランコエ
冬越えし葉を
必死に守る
風邪をひき
一日ぐっすり
寝たいけど

短歌　そよ風さん

家事の役目は
しっかり負わさる
休日は
一日新聞　読みており
便秘と騒ぐな
運動不足

筑前煮
造りにフライ
酢の物を
夫ひと目見て
おかずこれだけ?

ショッピング
ストレス解消
ふくまれて
夫の好みは
絶対外す

その服は
はじめて見たと
夫の言う
タンスの中は
半分新顔

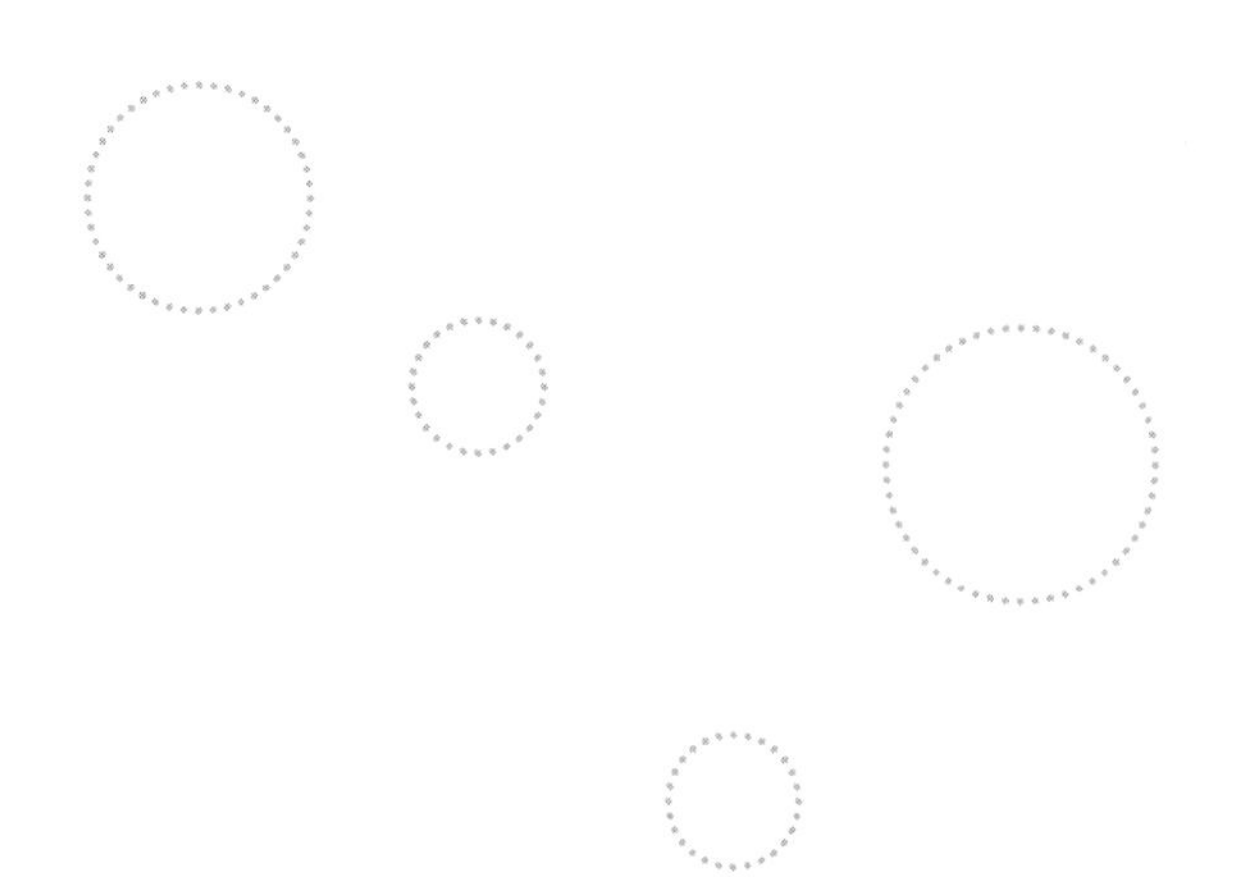

短歌　そよ風さん

もう買わぬ
服靴バッグ
しかしすぐ
バーゲンセールの
悪魔が近づく

これまでも
ずっとこの手で
のりきった
バーゲンセールで
ストレス解消

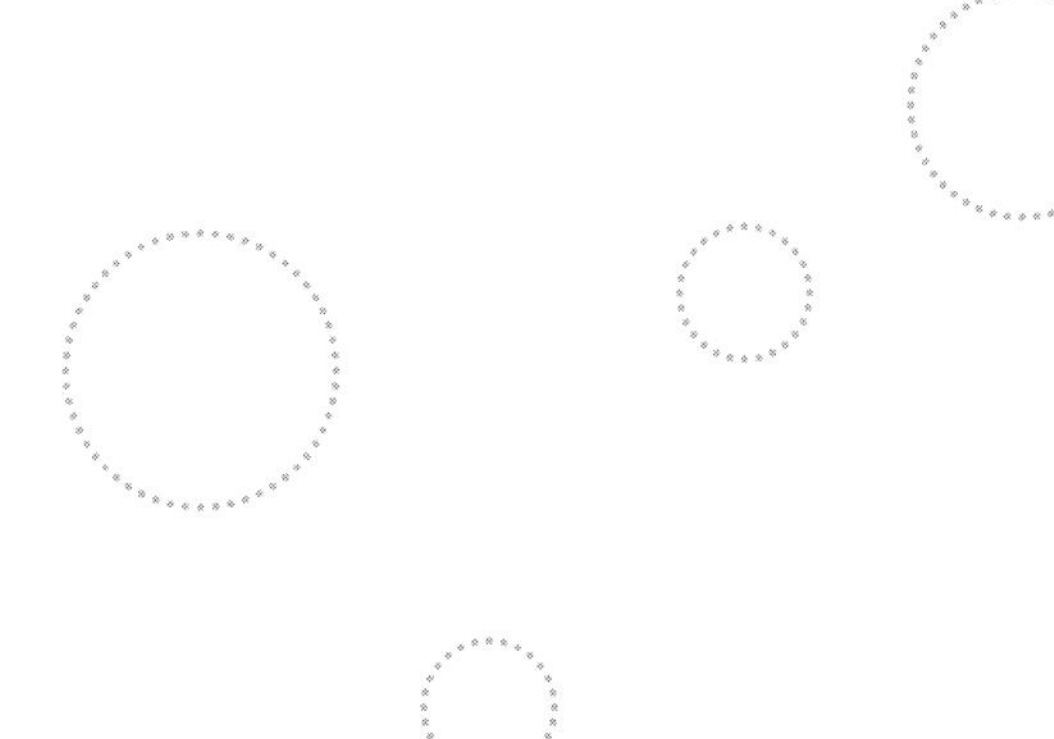

めし旨い
酒も旨いと
健康に
自信はなくも
夫はのたまう

白髪抜き
ますます薄毛の
夫を見て
そよ風さんと
あだ名をつける

短歌　そよ風さん

日をまして
主夫に近づく
ゴミ分けの
曜日覚えし
退職の夫

あかぎれの
季節がやって
きましたと
ハンドクリーム手に
夫はつぶやく

口の端に
食べ物つけて
孫ならば
可愛いものを
夫なら腹立つ

三億円
当たれば夫と
別居する
夢遠のきて
今孤独免かる

短歌　そよ風さん

（食事中、何度も席を立たされて）
用事なら
　一度に言えば
　　いいものを
つい「もうーっ」と言う我に
「あんたは牛かっ！」

主語の無き
　あれこれそれの
　　会話増え
察し悪くて
　　互いに苛つく

地下鉄で
通勤するは
運動と
いいつつ怪我した
その階段で

治療終え
帰宅し夫の
声つらし
痛み襲いて
顔ひきつれて

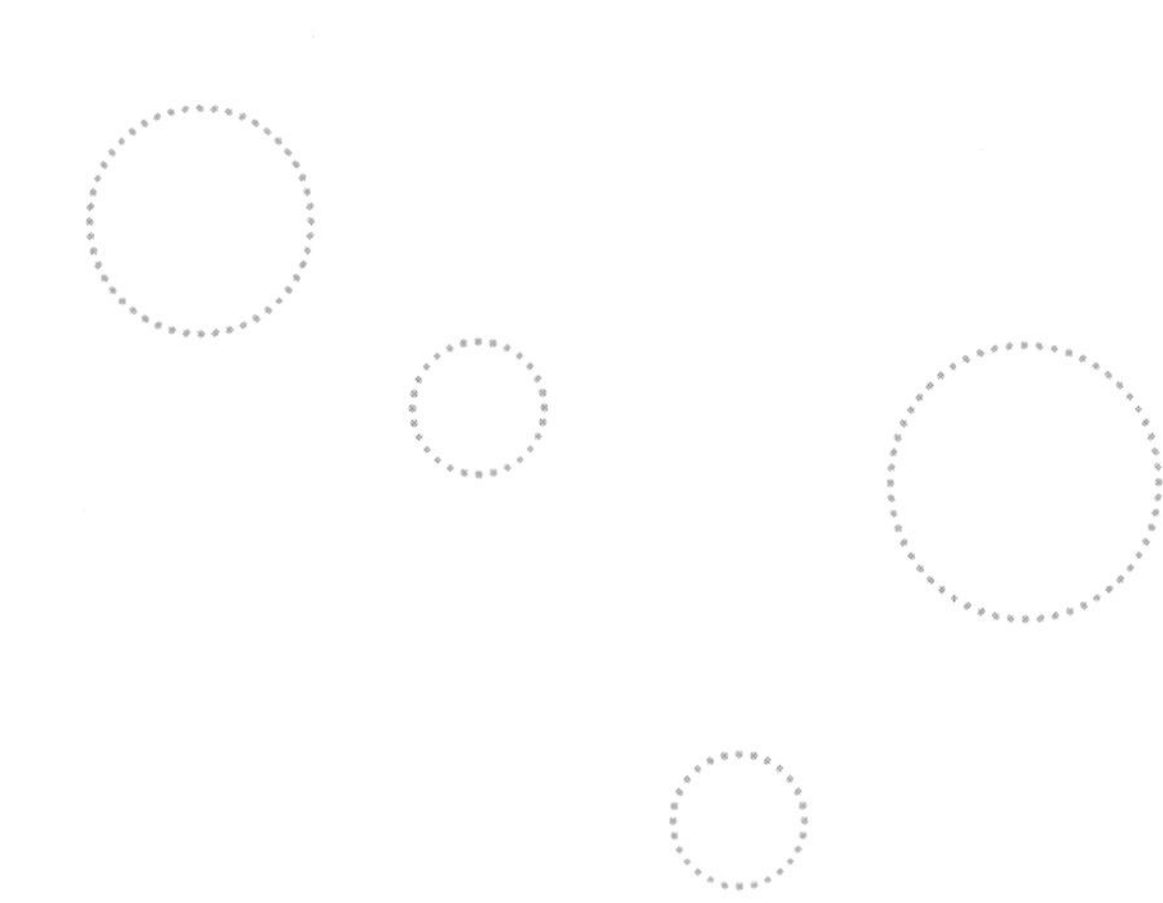

短歌　そよ風さん

何事も
無き日は佳き日
夫の怪我
治りて日常
戻りて感謝

おやすみの
挨拶交わし
口喧嘩
してた一日
無事終了

共同で
　戦う相手は
　　観音竹

堅くて割れない
　　株分け作業

お互いに
　相手ほめあい
　　おしつける

下手な字夫婦
　　書類が苦手

短歌　そよ風さん

これ以上
植木増やすな
言う夫が
ミニバラ三鉢
土産とくれぬ

レジャーなら
数多の想い出
くれし夫

家族の絆と
笑顔の原点

夫とは最後となった北海道への家族旅行。
真ん中は次男。

夫婦旅
　ツアーで食事は
　　レストラン
向き合わないで
　　　横並びする

旅行なら
　女同士と
　　友の言う
されど気楽は
　　　夫だと思う

短歌　そよ風さん

年ごとに　旅行プランの　没になる
従来までの　勢い失せて

道の駅　日帰り温泉　週末の
ドライブコース　いろいろ懐かし

捨て猫は
野良と違って
甘え方
知ってるだけで
我が家に住みつく

（家を建て替えるため）
仮住まい
心細き我に
新米や

鰯の煮付け（骨も食べられる）
ぜんざい届けくれ

短歌　そよ風さん

忌み花と
先入観で
避ける人
彼岸花の魅力
知らずに哀れ

最近の
我が本棚
宗教や
医療に関する
物　増えていく

狡猾に
生きても死ぬとき
何一つ
得にもならず
役にも立たぬ

くじ運の
悪さは自覚
していても
やっぱり年末
宝くじ買いぬ

短歌　そよ風さん

宝くじ
　買った時点で
　　皆悩む
当たったときの
　お金の用途に

風呂上がり
　髪をとかす我に
　　夫の言う
パーマ行ってきた？
　半月も前!!

年かさね
まぬけが増えて
納得の
いかぬ不思議な
どじばかりする

旅終えて
一行日記
記す時
のと野戸？
能登がでてこず

短歌　そよ風さん

片づけの
　最中横に
　　物を置き
目の前のみを
　　必死にさがす

バイクとは
　単車の事と
　　思っていた
スポーツバイクは
　　自転車だった

高校時代

両親を
　騙した事の
　　その一つ
参考書代は
　　ほとんどお茶代

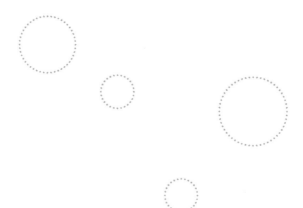

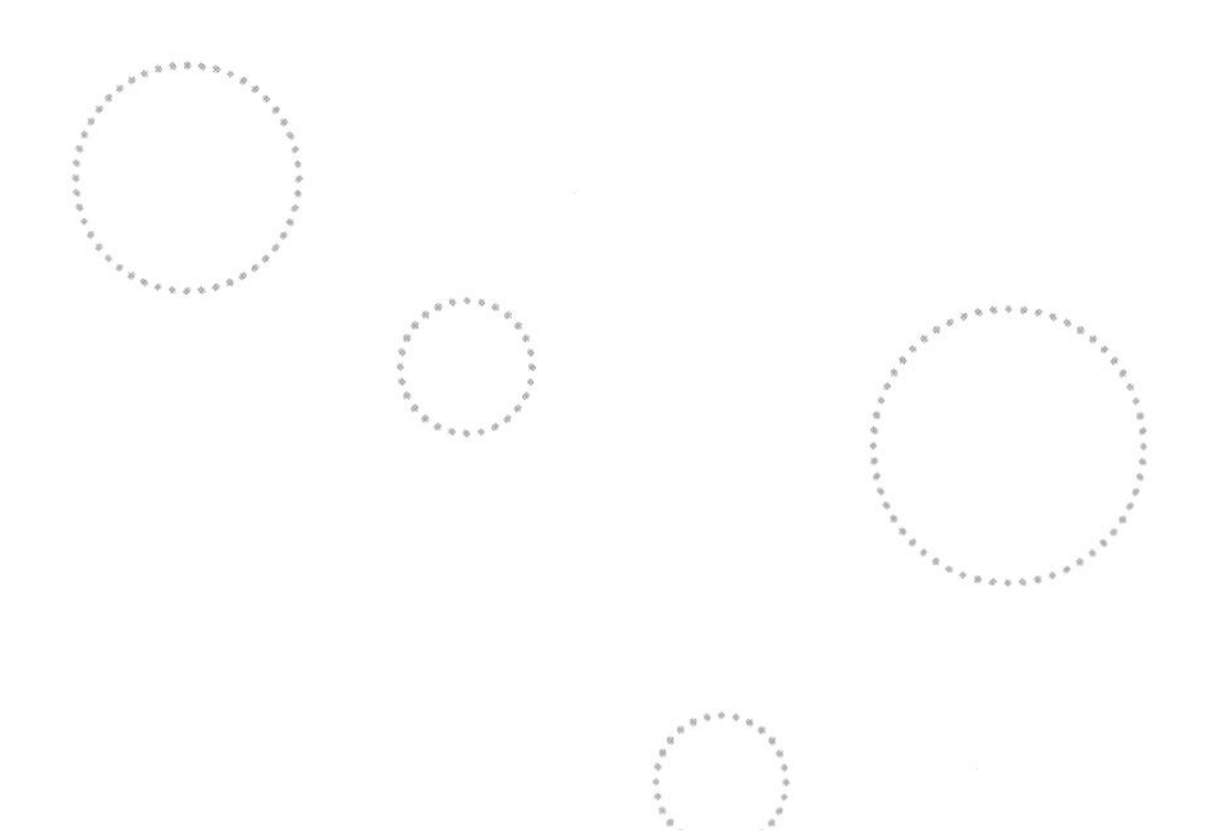

短歌　そよ風さん

参考書
一冊あれば
十軒の
友達の家
たらいまわしに

ノールスさん
父が私に
あだ名付け
あんたの脳は
いつも留守だと

古希の夢

友や孫
皆が集える
古希の夢
部屋整えて
町図書室に

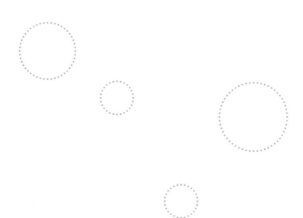

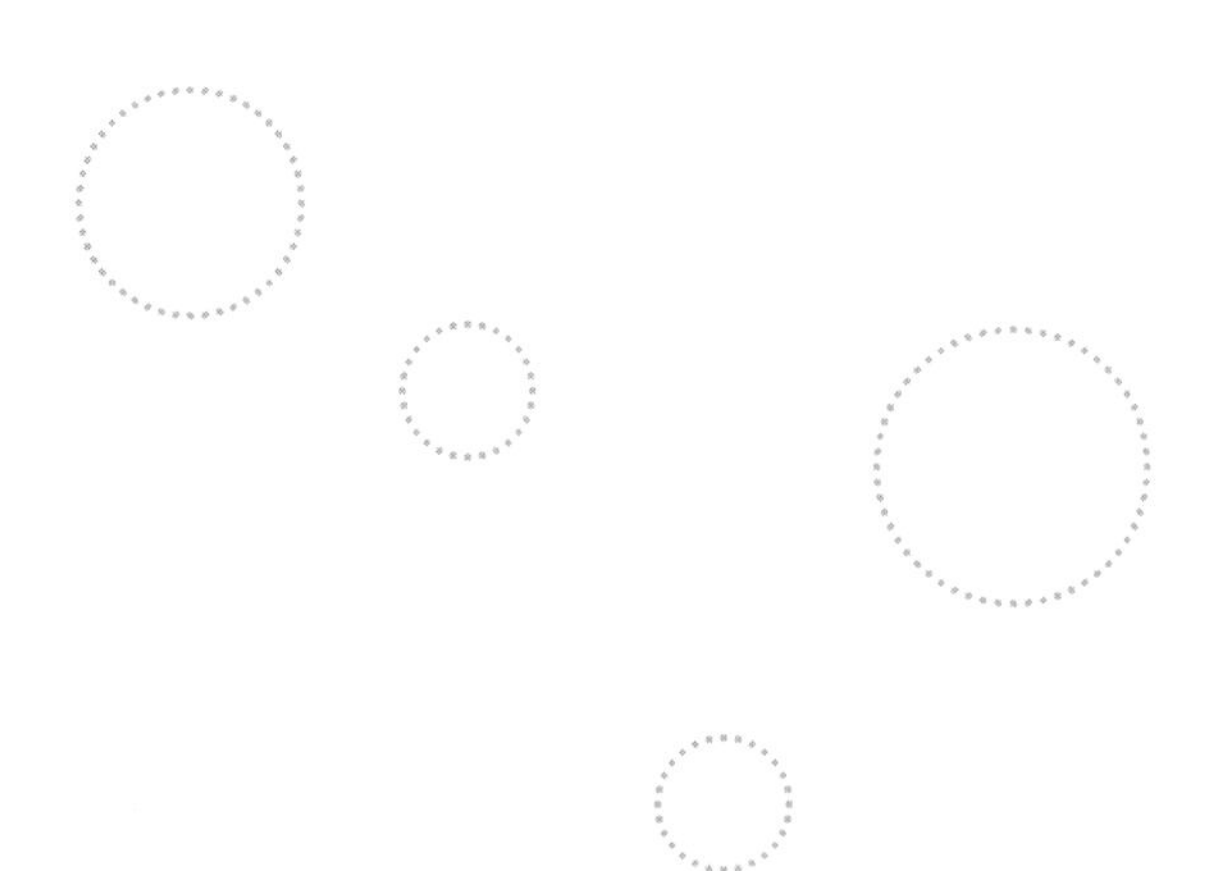

短歌　そよ風さん

マイカーを
手放し迎えた
休日は
行動パターン
戸惑い過ごす

旅先で
レンタカー借りて
驚いた
昔と比べて
燃費の良さに

メールなら
相手の都合の
枠広く
記憶に残るは
やっぱり肉声

久しぶり
恵みの雨に
感謝する
菊のさし芽と
バジルの種まき

短歌　そよ風さん

夏バテで
食欲は無し
カレーなら
いけるというが
シニアには向かぬ

検診日の
予定を記しつ
乳癌の
ガンの字書けず
乳保健所

我で無い
他人と生きると
ゆうことは
他人の我にも
理解を持たねば

印鑑が
違いますと言われ
パニクった
郵便局の
通帳みつめ

短歌　そよ風さん

退職に
伴う手続き
多すぎて
老いの頭は
パニック寸前

（サラリーマンの会話）
ごくたまに
家に何かの
まちがいで
プレミアムモルツや
エビスがあると

通販で
家族に内緒の
化粧品
土曜の朝に
夫受け取りて

レシートが
落ちていたよと
手渡され
隠した服の
意味を失う

短歌　そよ風さん

数メートル
先の信号
赤ならば
急ぐが　青なら
やめとく走れない

（将来への希望はないと思っていたがあった）

古希を過ぎ
知力体力
落ちてゆく
子への迷惑
最短望む（ＰＰＫ）

平成二十六年十二月

突然に
他界し夫の
原因は
心室細動
入院十日目

短歌　そよ風さん

あの世へと
旅立ちし事
本人も
認めていないと
遺影をみるたび

夫逝きて
口喧嘩する
相手無く
長き一日
今日も迎える

黄昏日和

いつも会う
老女の口癖
もうすぐ八十
お若いですねも
いい飽きた……

あまりにも
活（いき）がよすぎて
お歳暮の

短歌　そよ風さん

伊勢海老怖くて
三日間放置

大根を
わけてもらいに
今年また

種まき逝きし
あるじの畑へ

膝に水
腱鞘炎に
骨折と

友人次々　足を思う

孫に大根を抜いてくれている畑の御主人（左）、
私と孫二人（中）、次男（右）

慌てずに
時計を持って
鍵閉めて
小二の孫が
我に言うなり

塾通う
孫の送迎
貴重なり
タイムリミット
すぐにくるから

短歌　そよ風さん

妹の
　ジャンパーのチャック
　　とめくれる
兄はたのもし
　　小三なれど

夜も更けて
　静かな居間に
　　寛ぎぬ
家族は就寝
　　家事終えし後

（買ってきたばかりの）

ＣＤの
　置き場所忘れ
　　居直った
命にかかわる
　　事でもないと

（三日後に）

ＣＤの
　見つかった場所
　　食器棚
自分のした事
　解せずに落ちこむ

短歌　そよ風さん

役介し
知り合えし人と
気が合いて
アメージンググレイスの
ＣＤ貸しあう

音楽も
書物も人も
縁のもの
支えてくれる
すべてに感謝

ケータイは
　呼べば答える
　　同じよに
サイフやメガネも
　　応答欲しい

紫陽花の
　雨降る庭を
　　ながむれば
充電覚ゆ
　　一人の世界に

短歌　そよ風さん

紫陽花の
萎れしを見て
家の主は
高齢者由
無事かと案ずる

ベビーカーに
乗ってる児より
車椅子
乗ってる人の
多い昨今

人怨み
人憎みし事
あらざれば
楽しき会話の
友とお茶する

神仏に
無心になりて
手を合わす
欲は求めず
身の丈のまま

短歌　そよ風さん

怒も哀も
この世で我に
課せられし
忍の修行と
心なだむる

人生は
喜楽四割
怒と哀は
六割占めても
幸せとすべし

誕生日の
祝いとくれし
ミサンガを
孫に感謝し
金庫にしまう

外出に
ピッタリのズボン
帰宅して
すぐはきかえる
ウエストきつい

H.T.

短歌　そよ風さん

夾竹桃
平和公園
お昼前
世界の平和
祈る原点

いい話
当選入選
縁が無く
みんな他人事（ひとごと）
されど平凡

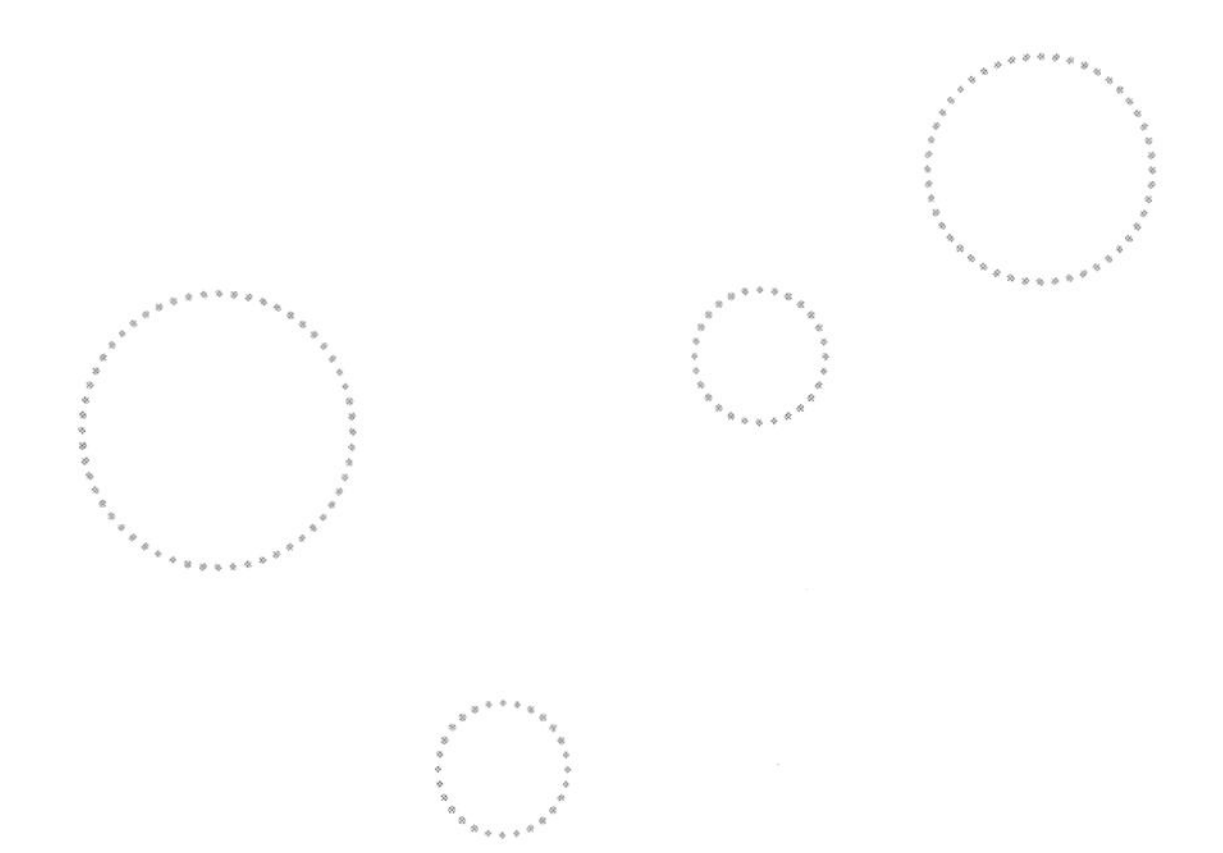

愛犬の
行く末案じ
特養の
ホームの入所
ためらう知人

買い物の
荷物と共に
家に入り
玄関の鍵
付けたまま忘れ

短歌　そよ風さん

洗濯機に
柔軟剤を
たっぷりと
入れて気付いた
これから洗濯

習慣の
食後の薬
服用の
覚えがなくて
残薬数える

思いっきり
　裏木戸外から
　　閉めたれば
内鍵かかりて
　　　閉め出されたり

膝サポーター
　必死に捜し
　　ふと気付く
身に着けていて
　　ずれていただけ

短歌　そよ風さん

躓きて
　振り向けば何も
　　段差無し

老化現象
　突き付けられた

時ずれて
　人名地名
　　思い出す

これも海馬の
　役に立つのか

足のあざ
　入浴中に
　　気付けれど
打ちし記憶の
　　さだかでなくて

夏野菜
　空き地で友は
　　鍬使い
悪しき土壌で
　　りっぱに実らす

短歌　そよ風さん

家のまわり
小鳥のさえずり
可愛くも
木の実全滅
ベランダ糞害

物忘れ
今の事でも
すぐ忘れ
助けの神を
心底求む

盆踊りに
出かけた彼女が
電話くれ
きれいな月よ
今すぐ見てねと

地下鉄が
地上に出てくる
線ありて
視界にはいる
海の眩しく

短歌　そよ風さん

ゴミ箱を
あさりて捜す
この中に
ティッシュにくるんだ
入れ歯あるはず

歯科医にて
入れ歯をするは
歯の保護に
食事のみあらずと
注意受けたり

走るなと
　言われても走る
　　子供らは

急(せ)くなと言われても
　気が急(せ)く老人は

失敗は
　明日への教訓
　　とはならず
同じ失敗
　　やっては落ち込む

短歌　そよ風さん

スイッチの
押し直しする
原因は
手ぶれと気付く
加齢の証しか

訳ありの
桃を一盛
買い求む
鮮度と味と
値段に感謝

亡き母に
心底感謝す
とりえなき
我にそそぎし
愛の深さに

SMILEを
スミレと読むも
その下に
スマイルとある
古希の頭は

短歌　そよ風さん

割り込みを
されて落ち込む
まぬけづら
してる私も
悪いのでしょうか

チャンネルを
変えようと思い
リモコンを
手に取り気付く
エアコン用と

詩

シルバーライフはコバルトブルー

巡り来る老い

世の中は健常者を中心に成り立っている
知力・体力が衰えて　そのことに気が付いた
母さんやその世代の皆様　理解の無い
思いやり不足をごめんなさい
昨今の母の老化現象が解せないのか
たまに苛つく子供たち
貴方たちにも巡り来る
加齢という名の衰退が

曼珠沙華

彼岸花　毒花
墓花　死人花
もぐら避け花　畦道に咲く田舎花

誰が何といおうと私は　あなたが大好きです

あなたのそばにいるといやな事が
全部ふきとんでいます
そんな力を持った花なのです

おしろい花

十月もなかばで　もう肌寒い季節なのに
夕方になると
赤や黄色のおしろい花が
まだ一生懸命咲いている
そんな花を見ていると
何となくさびしくなってくる
あなたはもういらないと言われても
命が残っている限り最後まで
燃焼しなくては

いけないのでしょうね
そんな健気な強さが
草花の魅力でもあり長所だから
季節の最後まで
頑張れるのかもしれません

生きて今
欲するものが
皆違う
明日の命に
陰りなき者は

歌・詩・手紙

金の鏡

―余命―

虚飾も邪心もない、素朴で実直なあなたから、学ばせてもらったこと。

賢ぶらない
偉ぶらない
善人（いいひと）ぶらない
妬まない
諦めないで
投げ出さない
心に塵（ごみ）を
溜め込まない
感謝の心を
失わない

最初――平成二十年八月

あなたと私の生活スタイルは本当に対照的でしたね。夜は十二時前に寝たことのない私と、八時までには就寝し、朝四時、五時に起きて家事いっさいをすませ、介護の仕事に出かけていたあなた。

そんなあなたが地蔵盆の後片付けをしているとき言った一言。

「私は来年生きているかどうか……」

そのとき、あなたは病名を明かしてはくれませんでした。

仕事を辞めたので体調を崩したのかもしれないと思っていましたが、見た目は健常者と何ら変わりはありませんでした。

その後、私の腎臓結石の件で、かかりつけの医院で紹介状を書いてもらって日赤へ行こうか、それとも様子を見てみようかという話に、数日経ってからあなたはメモを持ってきてくれました。

紹介状はたのんでおかなあかん。
元気やからわからん。
私の最初の症状は、軽い中風。

筋萎縮性側索硬化症（ALS） 体を動かす神経が徐々に冒され、全身の筋肉が動かなくなる厚生労働省指定の難病。手足が動きにくい、食べ物が飲みこみにくいなどの症状が出て、進行すれば人工呼吸器が必要となる。話すことが困難になった場合は文字盤などを利用する。詳しい原因は不明で効果的な治療法はない。「車いすの天才科学者」として有名な英国の宇宙物理学者、スティーブン・ホーキング博士もALS患者。（産経新聞より）

あなたはもう病気との闘いが始まっていたのですね。

人のため
　労を惜しまず
　　口堅く
心清き友
　　　筋萎縮性側索硬化症になる

病気も寿命も人柄には関係ない。
でも命のある限り心は宿っている。
あなたは酷な病気と闘いながら、最期まで清い心は健在でした。

A.T.

平成二十一年八月

地蔵盆のお供え物のおさがりを近所に配るお手伝いをしていただき、ありがとうございました。

あのとき、私が腎臓結石で腰の痛みを話したら、あなたは必死に腰をさすってくれましたね。申し訳なくて、「もういいわ、ありがとう」という私の手を払いのけ、それでもずっとさすってくれていました。あなたにさすってもらっている間は、痛みをほとんど感じないほど和らいで気持ちよかったです。

その二日後、小指の先ほどの石が下りて病院に持っていったら、「よかったねえ、入院しなくて済んで」と先生がおっしゃってくださいました。そして、「こんな大きな石がよく出せたなあ」とも。

勝手に出てきてラッキーだったと言ってしまえばそれまでですが、私の腰を必死にさすってくれたあなたの手に、私を助けたいという真心のエネルギーが働いたのかもしれません。

私はあなたのような素晴らしい性格の方とお付き合いさせていただいている感謝の気持ちとして、私が気に入った本を勝手におしつけますが、その中の一つでも気に入ってくださるものがあると幸いです。

岩盤浴は健康によいのはもちろんですが、心も癒されているのでしょう。自宅に岩盤浴を作ってくれた息子さんたちに感謝ですね。

自宅の岩盤浴に、あなたは「入りにおいで」とよく誘ってくださいましたね。そして「ただし予約制ね」と言って。

この頃、あなたは電車やバスを乗り継いで、それまで通っていた岩盤浴に行くのは体力的に無理になってきていたので、自宅に息子さんが作ってくれたんですよね。

平成二十一年　地蔵盆過ぎ

（史子さんより）

今日はお世話になっただけでなく本もいただき、何よりもお手紙読ませてもらい、ずっと考えて一日終わりました。

腰を少しさすっただけでそんなに気持ちがよかったのであれば、もう少し長くさせてもらったらよかったのにと。でも何よりも、手術もせず自然に石が下りたのが一番です。

それと京都の本ですが、私も地獄を見て生きていますので、神も仏も先祖もなく、人間も動物と同じと思っています。ただ、人間が他の動物と違うのは、話し、考え、研究、記録などいろいろなことができ、文化がある、そこが違うのだと思うようになりました。

「言霊」というように、人間はずっと「ことば」で生き、「ことば」で死ぬことを選ぶのかなぁとも思います。神や仏、先祖が助けてくれるわけでなく、生きている自分の周りの人が助けてくれてはる。自分の親であっても、死んでいる者が助けてくれるのとは違います。だから、あなたをはじめ、身の回りの人、子供や孫、生きている人が大事なのです。

自然災害や人災、近年、このようなことがいっぱいあります。もし先祖が大切な子孫を守ってくれるなら、理不尽な死に方はしないと思います。私の人生もその通りです。やっと年金がもらえてこれからと思っていた矢先のこの現実です。毎日死と向き合う過酷な人生です。

もともと私は、母親の三十六歳のときの子供です。私の目から見たら母親はとても年寄りに見えました。同級生の親でも、長女の人の親は若くきれいでした。私の親は地味な着物で、パーマでなく髪の毛は束ねていました。だから親を助けねばと思い、小学校のときから家事をしました。便所掃除（今のように水洗ではありません）、洗濯も手洗いでした。旅行で想い出すのは、父親と和歌山のお墓参りに行ったことくらいです。その分、二人の兄が東京などに転勤していたときに呼んでくれて、いろいろ連れて行ってくれた、あのときは楽しかったなぁという想い出はあります。母親の想い出は、父が死んで、兄が母を呼び寄せ生活していたので、私が結婚し、子供が小さいときパンダを見においでと誘ってくれて、伊豆やいろいろなところに連れて行ってもらったことです。
　今日いただいた高野さんの本でも、下の兄が初めて連れて行ってくれたことを想い出しました。

言葉……音や声や文字で意思や感情を伝える。
言霊……昔、ことばの中にこもっていると思われた不思議な力。
（辞書より）

（史子さんへの返事）

「理不尽な死に方」。今のあなたは自分のことをそう思っているのですね。毎日一歩、そして一歩と、後ろから死の世界へ背中を押されている酷な現実。あと十年、いや五年でもいい、あなたがこの世に元気で生きていたら、世のため、家族のため、自分のために使えた時間、人生。神も仏も先祖もない。地獄を見て生きているあなただから言えること、当然の話でしょう。

でも神も仏も先祖もいる。私はそこまでは言える。でもその先がわからない。神や仏や先祖が、今生きている自分にどうかかわっているのか。

他界したときに、その答えは出てくるのでしょうか。

あなたに神や仏や先祖はいないかもしれませんが、でもあなたは神や仏や先祖のように周りを助けて生きてきました。

神や仏や先祖は、感謝のシンボルなのでしょうか。

葛藤を
表に出さず
談笑の
輪に加わりて
友は健気に

病み人に
健常者の
感覚で
接することの
プラスマイナス

病人に対するいたわりや思いやりが必要なのか、症状によって違うのかもしれない。

私はあなたを健常者として接してきました。

心のひろいあなたに、私の小さな思いやりなんて大きなお世話だと思っていましたので。

平成二十二年一月から三月頃

なれました?
　紙とエンピツ
　　持ち歩く
言語障害の
　進行すすみ

M.M.

スラスラと
　メモする貴女に
　　感心す
戸惑うことなく
　　漢字出てくる

こんにちはと
　孫にしゃべれず
　　おさなきに
筆談も無理と
　　メールをもらう

平成二十二年四月

（史子さんより）
このお菓子は兄からもらったものです。少しですがどうぞ。
それとあなたに前から話そうと思っていることを、また書きます。
孫のやさしさです。
いつもありがとう。

（史子さんより）
私の地獄の世界を聞いてくださいますか。ただこれは、地獄の世界で唯一、
極楽の世界がのぞき見られます。

四月十二日に、直人君の小学校の入学式に行くので、息子が十一日に迎えに来てくれました。「おめでとう」さえ、言えないのですよ。それでも皆がやさしく親切にしてくれて、写真も撮ってくれました。

あなたに春を楽しませてもらったのと同じです。あれからずいぶんたちますが、今は昔のように体力がありません。本当に急激です。こんなに早く悪化するとは思いませんでした。

直人君が、押すと童謡が出てくるおもちゃを持って歌っていたので横で聞いていたら、「おばあちゃんも歌い」と言うので、歌えないと手を横に振ったら、何度も言ってくるので声を出すと、「歌えているよ、わかる」と言ってくれたのでびっくりしました。嬉しかったです。

十二日の夕方には帰って、それからは毎日歯を洗ったあと、「アイウエオ、アエウエイオ」から「パペピプペポ」まで二回ずつ声を出し、口の周りを動かしているのですが。直人君が言ってくれた、「ポッポポッポッ鳩ポッポ」、「むすんでひらいて」、「ぶんぶんぶんハチが飛ぶ」などを、普通に歌うレベルとは違いますが口の運動と思い、しています。

それと十二日に帰るとき、妹の友紀（ゆき）ちゃんが、私が靴を履いていると片方の靴をそばにそろえてくれるのです。三歳半の子供がこんなにやさしい親切をと、びっくりするやら嬉しいやら感激しました。なにもママに言われたのでもないのです。ママは奥で用事をしていました。本当に嬉しい話でしょう。

今は一つ一つの闘いです。ピクピクも増えてきました。このピクピクは神経なのですね。十八日に歯科で話したら先生にそう教えてもらいました。私はピクピクするから筋肉かと思っていたのです。

これから奈落の底へたどりつくのはいつかわかりません。どうぞスーッとたどりつけたらと祈念しております。

この手紙を読んでびっくりしたことは、まだ三歳半の友紀ちゃんが大人並みの気遣いをしてくれたこと。

それに、お兄ちゃんの直人君が「歌えているよ、わかる」と言ってくれたこと。

この頃、彼女はもう言葉を形にすることはできなかった。手ぶり身ぶりでアーアーみたいな感じの声を発しているだけで、お孫さんは大好きなおばあちゃんの歌が心でわかったのだと思う。

三歳半と六歳の子供でありながらその思いやりの深さに、あなたと同じように感心すると同時に驚きました。

でもやっぱりあなたのお孫さんですね。人を思いやる心をしっかり受けついでいるんですもの。形として目に見えないものでも、やさしさ、思いやりは心の形として現れるんだと。

（史子さんより）

あじさいの花、ありがとう。青色も昨日まではなんとかもってくれたが、今日はだめです。桃色の花は今日も少し弱っていますが、葉っぱもまだ元気です。

いただいてから、もう半月は過ぎているでしょう。なんだか私の体力みたいに思い、嬉しく感謝しています。ありがとうございます。

このお茶は三日前に届いたのですが、なかなか行けなくてごめんね。

平成二十二年六月

（史子さんより）

これは六月一日、神社のおさがりということです。友達が、いつもご主人だけでお参りされているのですが、昨日は大きなイベントがあるので二人で出席して、帰りに寄って私にくれはったのです。それで、あなたに花見に連れて行ってもらったのを想い出し、二人で友達の親切とおいしいお菓子をともにいただきましょう。

本当は昨日持って行きたかったのですが、なかなか外へ出られないのです。ごめんなさい。

今日はこれから買い物に行ってきます。昨日、息子たちに絶対自転車はダメと言われたのですが、私にはこれしかないのです。

（数日後）

自転車を
　手押し車に持ち替えて
家族の安心
　　貴女は選ぶ

ゆらゆらと
　手押し車で
　　帰ってゆく
その背に思う
　　病の酷さを

握力の
低下を感じた
里いもの
皮をむきてと
貴女はつぶやく

（史子さんより）

人間生きていくには、山、谷、いろいろありますが、なんとか力を合わせ、智恵を合わせ、気を合わせ、社会と合わせ、乗り越えられます。

あなたの風邪も、ご主人の怪我も、お孫さんのおたふく風邪も（これは小さいときになっておくほうが良いとのことで余計に良いです）、みんな治る、これがこの世ですね。

私はいくら努力しても仕方ないのです。そして税金で補助されますが、それでも治りません。今もお味噌汁を作っているのですが、具だけ食べ、汁は流し台で飲むのです。こぼれるからです。皆がおなかのすいた時分に朝昼晩と食べる、これが私にとっては大変な仕事なのです。まさに生き地獄そのものです。

あなたに愚痴をお聞かせしてすみません（でも現状です）。

家の前に
自転車ありて
多分今日
ヘルパーさんの
訪問日かも

（史子さんより）
今日は二時から四時までヘルパーさんに来てもらいました。
水曜日には髪の毛をカットしてもらいました。
それと顔を剃ってもらったのです。
何年ぶりかです。
気持ちよかったです。

バニラ味と
　記された箱を
　　指さして
流動食か
　　　一日一個と

※経腸栄養剤（経口・経管両用）と、箱にしるされていた。

逢うたびに
　自由のきかぬ
　　身になりて
進行加速し
　つるべ落としのごとし

加齢による
　筋力の低下と
　　病から
来る衰えは
　スピードが違うと

平成二十二年七月十六日

（史子さんより）
※訪問歯科診療の申込用紙を歯科医院に届けたときのメール。

ありがとうございました。
さっそくケアマネージャさんから二十四日に歯科の先生と行くと連絡がありました。

・口腔ケアアセスメント票
・訪問歯科診療
・フェイスシート（訪問看護ヘルパー）などが申込書類には書いてあった。

平成二十二年七月二十三日

（史子さんより）

おはようございます。

今ちょうど、歯を洗ってすんだところでした。

今日からヘルパーさんの時間が三十分長くなって、お風呂に入るのを手伝っていただきます。手が上や後ろに届かないのと力が入らないのでお願いしたのです。

本当に毎日忙しいです。

それだけ周りの人々のお世話になっているということです。

頭の中の時間と動く時間は全然違います。だから情けないのですが、致し方ないのです。

平成二十二年七月三十一日

（史子さんより）

こんにちは。今ヘルパーさんが来てくれています。

本当に一年ほど前までは、北野先生が「進行がゆっくりで不思議や」と言ってくださり、私も「ストップか超々ゆっくりと願います」と答えたのですが、今は遠い昔の話になりました。お風呂も入れてもらっています。

私の話は楽しくなくてごめんなさいね。あなたは元気なおばあちゃんだから、お孫さんの夏休みで忙しいだろうと想像します。

七、八日の盆踊りにもし行かれるようであれば、私の抽選券も持って行ってくださいね。

平成二十二年　八月上旬

（史子さんより）

昨日はありがとう。今日私が言ったことを実行していただきたいのです。私が毎日朝晩体操しているのは、検査入院して診断を聞いたからです。今までもそんなに良いとは思っていませんでしたが、今は恐怖心でするのです。だから、あなたとは違いますが昨日の話を聞いて、これは伝えようと思いました。

私の病名は筋萎縮だから少しでも筋肉を萎縮させないためにと思ったのです。病院の先生もまったくこのことに対しての話、指導はありませんでした。でも自分で思いつくことから始めました。偶然、歯科の先生の指導のもと、いろいろとためになることをし続けて、今の私があるのです。特に、火・水曜日に来てくださる先生の情熱と誠意には感謝でいっぱいです。病気になってから気付くことも含めて、いろいろ熱心に教えてくださいます。体のほうは毎日いろいろやっても下がる一方ですが、先生に教えていただいたことは全部しています。だからメニューは多くなりました。でも今の私があるのは歯科の先生のおかげです。

あなたも、今夜テレビの健康番組で骨・関節の話があるので見てください。そんなに心配はありませんが、今から、病気にならないうちから鍛えてください。なってからでは悲しいです。結果はきっと良いと思います。

もしよかったら私のみにくい体操も見せますが、今夜足腰に良いという番組見てくださいね。

（平成二十二年八月下旬　史子さん入院直前）

お見舞いに
　行かぬ約束
　　交わして
病院名を
　　貴女は告げる

お見舞いの
　品はいらない
　　シンプルに
していたいからと
　　貴女らしいね

平成二十二年九月二十五日

（史子さんより）

※九月二十四日、身内の方に手紙と造花、親亀・子亀・孫亀の三段亀の置物をことづけたときのメール。

おはようございます。

昨日はありがとうございました。

亀さんとお花。

何よりもお手紙。私はあなたからもらった本で、あなたともっと早く親友として知り合いになって、楽しい想い出を作っておけばよかったとずっと思っていました。

手紙を読ませてもらい、日赤の花見のこと、お寺の花水木と銀杏、神社の桜のこと、本当にこのような状態の私にいろいろ想い出を作ってくださりありがとうございました。

あの3Dの絵も先生や看護師さんから「これはすごい」と言ってもらいました。今日はメールができて嬉しいな。本当に。

※このメールは、彼女が精神的にはそれなりに元気にしている様子が感じられ安心した。

花水木の
　紅葉見に行き
　　銀杏を
拾って遊んだ
　　昨年の貴女と

M.M.

平成二十二年十月十五日

前略
紅葉の季節となり、お寺に行ったら、花水木も結構色づいていました。

今日は私の情けない話を書きます。

日曜日、午後雨が降って横手の通路に水溜まりができるので、水捌けにスコップで溝を作りました。その夜、自分で作った溝に躓いて転び、肋骨にヒビが入って、現在あまり無理のできない生活をしています。といっても、普段通りに動いてはいます。まぁ私のすることはこんなものです、いつも……。

こんなどじばかりする私に、あなたは愛想をつかさないばかりか心底やさしくしてくださいましたね。私が膝関節症と聞けばゴマをすって定期的に持ってきてくださり、腎石のときはスイカを届けてくださいました。

あなたのやさしさには今でも心から感謝しています。

私があなたにできることは何もなくて、だからあなたにいただいた感謝の気持ちは一生持っていようと思います。

信頼の
　絆をくれし
　　実直な
貴女との出会いは
　　この世の宝

平成二十二年十月十五日

（史子さんより）

私はあなたの手紙が最高に嬉しい喜びです。

私も今、はなみずき（病室名）にいます。

去年はあのきれいな紅葉を想い出に作っていただいた私こそ、あなたに感謝していきます。

もうヒビの痛みはとれましたか。

まだまだありますが、今日はこれで終わります。

ありがとうございます。

平成二十二年十月十七日

（史子さんより）

こんにちは。いつも私のこと笑えるほどほめてくれてありがとう。

私の人生で息子や孫たちにめぐりあえたことは、心の支えになりました。そして小さいときからのことも想い出しています。

自分は一生けんめいやってきたのに、やっとほっとできるようになってきて、なんでこんな生き地獄に落ちるのかと、生まれたこと自体を恨んでいました。親は戦時中も一生けんめい育ててくれて、これからというときにこんな病気になり、それもないわと思うようになりました。

ここにいてるので、先生、看護師さん、その他のメンバーの方も皆良い人ばかりで、そのうえ私は難病のため、医療費はほとんど税金で賄ってもらっているので救われているという思いもあるのですが、一番の願いは早くあの世に逝きたいです。

不思議なのは苦しい食事を頑張ってしていることです。こんなメールごめんなさい。いつもありがとうございます。

※死が目の前に迫ってきている病人に、なぜ無理やり食事を摂らせるのか。病人を苦しませ足を引っ張って死への階段を徐々にのぼらせようとする残酷な医療は、医療といえるのだろうか。
彼女が辛い目にあっていると思うと、一日中ため息が出た。

平成二十二年十一月二十一日

※昨年二人で行ったお寺の花水木の紅葉を、今年は写真に撮って、身内の方に手紙と一緒にことづけたあとのメール。手紙の中にこの歌も添えて。

我胸に
　金の鏡と
　　貴女をば
清い心と
　　向き合いたくて

（史子さんより）

今日もありがとう。

私もよく想い出しています。でも私は去年とあまりに違います。

やはりこの施設にいる人間は末期症状なので、皆さん大変です。病気は違いますが大変なのは同じです。でも自分はましやとは思いません。いずれ行く道なので、看護師さん、ヘルパーさん、同室の人たちから学ぶことがいっぱいです。

あなたはいつもほめてくださるけど、金なんてとんでもない、鉛どころか泥土です。あなたこそ、これからの人生を元気に、あなたが思うことを楽しくして送ってください。

私、あなたとどこか旅行しておいしいものを食べて、楽しい想い出をつくっておけばよかったと、いつも後悔しております。

本当にありがとうございます。

（史子さんへの返事）

メールありがとうございました。

目の前に迫ってきている命と向き合っているあなたのことを、いつも思っています。

あなたは自分のことを泥土と言っていますが、決してそんなことはありません。

私はあなたの性格を見習って頑張りますね。

それじゃおやすみなさい。

平成二十二年十二月十三日

（史子さんより）

おはようございます。

先週「路面電車の旅」を見て、あなたも見てはるかと思いました。

昨夜は「坂の上の雲」を見、子規の晩年を見て、思いも食欲も思うようにいかないのは、傲慢で偏屈な私のような人間だけではないのだなぁと思いました。

ここでもいろいろ学びます。

（史子さんへの返事）

おはようございます。

「路面電車の旅」、残念ですが見ていません。

でもあなたにメールをいただいて本当に嬉しかったです。

私はいつもあなたのことは頭から離れません。だってあなたは私の金の鏡ですから。

あなたは傲慢でも偏屈者でもありません。傲慢で偏屈者は多分、自分のことを良い人間だと勘違いして生きていると思います。私もそうならないために、いつもあなたと向き合っているのです。

あなたは今まで生きてきた自分に、後悔は持たないでくださいね。

悪口、妬み、噂話などいっさいしないで生きてきたこと、そして、例えば私との付き合いでも、あなたは自分が損するほうを取って私に得するほうをくれて、平等に分けたと思ってくれる人です。

私もあなたを見習って悪口などを慎み、この世に自分から出したゴミを最小限にして終わりたいと思います。

あなたはそのようなゴミを撒き散らさなかった自分を誇りに思ってください。

メールありがとうございました。それじゃあ。

年いきて
　気付きし事は
　　悪口は
死しても燃えず
　　　己いましむ

きれい好き
自負する人も
悪霊は
心のゴミが
一番に好き

平成二十二年十二月三十一日

史子さん、今晩は。本当に寒い大晦日です。

一昨日と昨日、防犯で年末の夜警をやっていました。私たちもかつてはお手伝いしたことがありましたね。そのときのことを想い出しました。

あなたはいつも三十日を受け持って、私に二十九日を譲ってくださっていました。主婦にとって十二月三十日は、お正月準備の最終仕上げで徹夜になりかねない忙しさなのに、その三十日の夜をあなたはいつも快く引き受けてくれました。あなたはどんなときでも相手を守ってくださる人だと、つくづく思います。

明日は新年、一応年賀状は出させてもらいました。

平成二十三年一月一日

（史子さんより）

あけましておめでとうございます。

昨日はいつものやさしいメールをありがとうございます。あのときは実は大変だったのです。誤嚥のため、先生、看護師さん、ヘルパーさんたちのお世話になって、おかげで夕べはよく寝て体も軽くなって嬉しく思っています。

あなたにメール送れるのも幸せです。

ありがとうございます。

この言葉
　あなたを介して
　　知りました
（摂食）嚥下障害
　　　嚥下訓練

嚥下……飲み込むこと。これが正しく動作しないのが「嚥下障害」、誤って気管に食べ物が入るのが「誤嚥」。誤嚥性肺炎を引き起こす可能性もある。
嚥下障害のレベルは、「嚥下内視鏡検査」によって判定されるが、通常は、ベッドサイドにおける摂食嚥下機能評価（スクリーニング）によって、簡易的に判定されることが多い。（参考：『家庭医学大百科』法研、嚥下食ドットコムホームページなど）

平成二十三年一月二十九日

史子さん、こんばんは。今日はとても寒いです。

あなたがそれなりにあまりしんどい思いをしないで過ごしておられたらよいのにと、いつも思っています。

あなたは人のために労を惜しまなかったけれど、自身は人に世話をかけることもしなかったでしょう。私はあなたが気分転換になればと思って、いつも本や音楽を探しています。

『日本の夜景』を取り寄せてみようかなと思っていますが、体調が悪かったら本を見るどころじゃないかもと思ったり……。

あなたも遠慮しないで、私にできることがあったら何でも言ってくださいね。

何の力にもなれなくて本当にごめんなさいね。

それじゃおやすみなさい。

（こんな時間にメールしてすみません）

平成二十三年一月三十日

（史子さんより・最後のメール）

今、新年の挨拶もろくにできない状態なのです。

ゼリー食で過ごしていますが、空の雲と同じで、どんなに変化するかもわかりません。

今も精一杯です。

このことはあなたにだけ伝えるので、心配しないで、絶対他の人に言わないでください。

あなたを信頼しているからです。

お願いします。

葬儀前
　貴女に逢わせて
　　いただくも
旅立ちし顔に
　　違和感覚え

今やっと
　貴女の荷物を
　　神様が
降ろしてくれた
　三月二十四日

灰と骨
　あなたがこの世に
　　残しもの
子孫への功徳
　　目には見えねど

仁愛は
　塞ぎし心
　　溶かしくれ
貴女と母は
　　我支ゆ師なり

入院前、あなたが私に話してくださいましたね。

大変なのは、食事と口洗いに一日の大半を費やすことだと。

口の中がねばねばしていて、食べ物を飲み込むとき、痛くてつらいと言っていた。いっそ食べないほうがましだとも。

治療して
　望みは持てる
　　癌ならば
死に向かう不安
　　　想像以上と

史子さん、ありがとうございました。

「徳」の心を持ったあなたに出会い、心から感謝しています。

「一本気」。あなたのことをそう言った友達がいました。それは、曲がったことが嫌いで裏表のない性格のことでしょうね。

陰口や噂話に飛びつき、ふりまわされたりしなければ、自分の歩く路はまっすぐにのびている。人の悪口が好きな人は、あっちで寄り道、こっちで寄り道して自分の路がわからず、無駄な人生で終わってしまう。あなたと知り合って、このことを確信しました。

あなたは噂話や陰口をいっさいしない人でした。そして私たちの会話にはいつも笑いがありました。お互いに心を許しあい、信頼しあっていたから、どんな話でも楽しかったのかもしれません。

人は生きてきたように死ぬということを聞いたことがあります。

あなたは、これからというときに難病に冒され苦悶しました。非の打ちどころのない純真なあなたが。

先日、あなたのお墓をお参りしていたら、

「そこ、史子さんのお墓ですよね」って声をかけられました。

「あの人、人の悪口なんか絶対に言わなかったし、本当にいい人でした」

と、とても嬉しそうに、にこにこしながら話してくださいました。

生きてきたように死ぬって、史子さん、あなたの場合はこのことだなぁと思いました。

亡くなってなお（五年経ちましたが）、あなたは生きている人を笑顔にしているのです。

エッセイ

おじいちゃんのこと

縦横の絆

昭和五十八年十二月二十八日、その日我が家では長男の集団登校の仲間が集まり、楽しくゲームをしていた。そのときだ。電話のベルが鳴って、おじいちゃんの声がした。

「もしもし、セイ子さん、今おばあちゃんが死にました」

あまりに突然のことに、私が声も出せないでいると電話はそのまま切れた。義父は全盲なのだ。そのおじいちゃんが何度も電話番号を回し、間違えながら息子の嫁である私に電話をかけてきたのだ。それにしても、おばあちゃんは昨日電話をくれて、その声を聞いたばかりだったのに……。

喪服一つで駆け付けた通夜の席、真っ先に来てくださっていたのは盲人協会の人たちだった。その盲人の方たちの誰もが私たちに頭を下げてこう言うのだ。

「どうかおじいちゃんをよろしく。あんなにいいおばあちゃんがいなかったら、おじいちゃんはお茶一杯飲めないのです。今どんなに心細いか、盲人の私たちが一番知っているのです」

お茶の一杯も飲めない……、その言葉に私はハッとした。コンロも使えないということは食事もできないのだ。そして五十四歳の若さで逝ってしまったおばあちゃんの葬儀を終えると明日はもうお正月というときだった。いったん大阪の郊外の団地の我が家に戻った私は、トンボ返りで東成のおじいちゃんの家に行った。すると部屋の中は真っ暗だった。

「まあ、おじいちゃん電気もつけないで……」、そう言いかけて私ははっとしたのだ。そう。これがおじいちゃんの世界なのだ……。

私はそのとき、初めておじいちゃんの生活の大変さを思い知った。

そのおじいちゃんと私たち家族四人で、東成でお正月を過ごしているうち、もう目の前に子供たちの三学期が迫ってきた。お正月の間、「ぼく、団地に帰りたい」と言っていた長男は、新学期を前にすると「東成の小学校に転校する」と言い始めた。少しの間でもおじいちゃんの買い物、お風呂屋さんと杖代わりになっているうちに自分がおじいちゃんにはなくてはならない存在なのだと思い始めたのだった。

でも問題は、幼稚園の次男のほうだった。郊外の団地住まいで友達と田や畑をかけまわっていたこの子にとっては、都会の真ん中で遊び相手さえいない毎日。でもそこは、子供は遊びの天才、点字のカルタをおじいちゃんに読んでもらって兄と取り合いをしたり、新聞紙を丸めてボールを作り、手をたたいて知らせた自分の位置におじいちゃんにボールを投げさせてキャッチボールをしたりして遊んでいた。

そんなとき、それまで住んでいた団地の同じ班の方たちが「小学校入学前の大事なときに幼稚園にも通わないのはよくない。班で坊やをあずかります」と言って来てくれた。

それから幼稚園への送り迎え、お弁当作り、みんなその班の方たちがやってくださって、それは三月の卒園まで続いた。お弁当のない水曜日や土曜日は「今日は私の家で」「今日は私の家は外食だからこの子も一緒に」といった具合に世話をしてくださった。次男も日曜日に東成に戻ると、ここがいいと言ってみたり、団地が楽しいと言ってみたり。でも、どちらもこの子の本音だったようだ。


そしてもう一つ嬉しかったことがある。高齢のため、八十年間住み慣れた土地を離れ、姉の住むマンションへ引き取られることになった私の実母が「私のことは心配せんでいい。それよりおじいちゃんを寂しがらせんように」と言ってくれたことだ。

そのおじいちゃんは二十四歳のとき、事故で全盲になった中途失明者だ。それまでは柔道二段で、ボートを漕ぐのが大好きな青年だったそうだ。だから手の皮が厚く、点字を覚えるのに苦労したそうだ。でも、今はマッサージの資格も取り、そのお客さんとの会話が毎日の楽しみなのだ。

そのおじいちゃんと暮らし始めたある日、私は市場に行く途中、全盲の上に両手の先がなく、腕だけの人に出会った。この人はいったいどうやって生活しているのかしらと、すぐにそのことが気になって、帰ってさっそくおじいちゃんに聞いた。するとおじいちゃんは「ああ、その人はNさんや。子供の頃、焼夷弾が爆発してあんな体になったけど、それは器用な人で、手がないので舌で点字を読んで、腕だけでボタンつけまでするんだ。手がないので盲学校の入学も一度は断られたけど、一週間でいいから様子を見てくれと言って入学したら、みんなその器用さにびっくりして、今ではその盲学校の先生をしている」ということだった。

私はその話を聞いて、ため息が出るばかりだった。目が見えないだけでも並大抵ではないのに、そのうえ、手もない中で生きてきたその人の努力。それなのに何一つ不自由はないのに甘っちょろい根性しか持てない自分……。そうやっておじいちゃんと暮らしていく中で、私の二人の息子たちもだんだんと変わってきた。

ある夏の夜だった。おじいちゃんが「ちょっと国道を見に行くか」と言ったら、次男が「目が見えないのに何見に行くの？」と聞いた。

するとおじいちゃんは「ああそうか、散歩に行くって言えばよかったね」と言いながら、「でもな、目が見えなくても、耳で広い道路、狭い道路はわかるし、さっと風が通ったら、ああここは四つ角やとわかるんや」と教えてくれた。私自身、このとき初めて盲人にとって耳やその他の感覚がどれほど大事かということを知ったのだ。

おじいちゃんと次男と私の三人で天王寺さんにお参りに行ったときのこと。次男がおじいちゃんの杖代わりをしてくれたのだが、普段は好奇心でキョロキョロするこの子が肩を貸しながら、まっすぐに歩いて歩行マナーは最高。そして「今、赤信号だから」などとそのときの状況をきちんと説明している。私は後ろから見ていて、ああ、この二人はいいコンビだなと、嬉しくなった。

そのおじいちゃんは食べ物にいっさい好き嫌いはない。そして何を食べても必ず「ああ、おいしかった、ごちそうさま」と言ってくれる。それはたとえトースト一枚にもだ。それに夕食後、たまに主人とカラオケ合戦をするときの嬉しそうな顔、全盲でありながら明るく、そして生への前向きな姿勢に私も学ぶところばかりだ。

ぜいたくに慣れきってしまっている今の子供たち。でも私の子供たちはおじいちゃんからたくさんのことを教わり、そしてこのおじいちゃんの孫であることを誇りに思って生きていってほしい。私もまたおじいちゃんを大切に、そしてあの、前の団地の人の温かさも心にしっかり残して生きていく。

また、おじいちゃんの記憶力のよさにはいつも感心した。私たちが「こんなことにそんなに喜ぶなんて」と思うことがあった。例えば、おじいちゃんに「薬をテーブルの下に落としていた」とか「ハンカチがベッドの下に落ちている」とか教えてあげると、「ああ、どこに落としたか気にしていたところだった。よかった、ありがとう」と言ってとても喜んだということ。目が見えないだけに、身の回りのものが消えると不安になるのかもしれない。

おじいちゃんの寝床の世話は長男、新聞の読めないおじいちゃんの代わりにテレビ（聞くだけ）の番組を教えてあげる次男。この二人の孫に対して、おじいちゃんは誕生日をちゃんと覚えていてくれて、親がお祝いしなくてもお小遣いをくれていた。

七月

私が商店街へ買い物に行って帰宅すると、おじいちゃんがベッドの下で倒れていた。救急車で病院へ運ばれた。病名は脳梗塞。

五カ月間の壮絶な闘いの始まりだった。

私が買い物に行くとき、おじいちゃんは「気ィつけて行きなはれや。暑いから無理せんようにしなはれや」と言って、いつも送り出してくれた。

私は（ああ、十年も同居していると義理でも親子みたいになるものなんだな）と思っていたが、ただ同居しているだけでは心からのやさしさは芽生えないと思う。やはりおじいちゃんは私のわがままや数々の欠点を許して包み込んでくれていたのである。こうやって私は、いろいろな人に恵まれて半世紀を無事に生きてきた。

おじいちゃんが入院してから思ったことの一つに、散歩程度のものでいいから、もっと外に連れ出してあげればよかったということがあった。いろんな人たちに声をかけてもらい、世間話の一つでもすれば、家にいてテレビやラジオを聞く楽しみとまた違った楽しさや気晴らしがあったかもしれない。

おじいちゃんと面会するとき、なるべく外の景色や月日がわかるようなことを言った。今日はとても暑いとか、観音竹（これはおじいちゃんが毎日水やりしていた）は元気だとか、今日と明日はお祭りなどなど。そして「もう少し我慢してね。早く家に帰って今までのようにラジオやテレビを聞いて過ごそうね。何の心配もいらないからね」と必ず付け加えた。

でも、私がいろいろな話をしても、義妹にはかなわないと思った。

「お父ちゃん具合どう？　しんどい？　大丈夫？」とやわらかく心のこもった

やさしさで語りかける彼女の声が、おじいちゃんにとっては最高の癒しだったと思う。

おじいちゃんが入院してから一日に何度でも空を見上げるようになった。毎日自転車で病院に通いながら「今日はよく晴れて空も雲も本当にきれいですよ」などと話をしようと思い、その日、おじいちゃんが苦しそうな様子だと、帰路自転車をこぎながら涙があふれた。しかし、翌日になるとまた空を見上げて、おじいちゃんが苦しんでいなければよいがと空に願いながら病院へと向かう。

私の悩みの中にいつもおじいちゃんがいた。

生きていくのがいやになるようなことがあったとき、私には動く手がある、しゃべる口がある、目も見える。

おじいちゃんは全盲でも私たちと同じように生活してくれ、まったく手がかからなかった。

人間は上へ這い上がろうとばかりするから疲れるのだろうか。

親友Yさん――おじいちゃんの入院後

彼女は、おじいちゃんとの面会時間の私に合わせて何度か病院へ来てくれた。

ある日、おじいちゃんの面会が終わって一階の待合室に下りていくと、彼女が長いすに座って私を待っていた。

「どう、おじいちゃん。相変わらず?」と言いながら「あなた、ちゃんとご飯食べてる?　きちんと時間を決めて食べなくても食べたいときに食べて、暇があったらちょっとでも体休めるんやで」と私の顔をのぞきながら言った。そして立ち上がって、「何が飲みたい？　コーヒー？　緑茶？」とそばの自販機の前へ行って私の返事を待っている。

二人でアイスコーヒーを飲みながらお互いの家族の話になる。

彼女は実母とご主人の二人の病人を抱えながら愚痴一つ言わないが、別れ際、「今日は私も久しぶりにゆったりとした時間が持てたわ」と言った。この言葉は彼女の本音だろうけれども、忙しい彼女が私のために作った時間でもあるのにと、彼女の思いやりに感謝した。


いつものようにおじいちゃんの病室に行くと、弱々しくて苦しそうな息遣いだった。病室を出ると涙が出て、帰路は狭い裏道ばかりを選んで、知り合いに顔を見られないようにとうつむいて帰った。

翌日病院に行くと、主治医の先生に呼ばれた。腎臓の働きが極端に低下して尿の出が悪い分、胸と腹にかなり水が溜まっていると言う。胸水、腹水は前から言われていたので別に驚きもしなかったが、体力が相当弱っているので命取りになるかもしれないという気はした。その他、先生は処置とか今後の詳しい説明をしてくださったが、要するに今週いっぱいもつかどうかという話だった。

おじいちゃんの尿は濃い麦茶色だったが、顔は昨日と比べてさほど苦痛の様子もなかったのがせめてもの救いだった。今週いっぱいもつかどうかと言われても、別にこの日の私は帰路、涙は出なかった。

病人を前にして何が一番つらいかと言えば、苦しい顔を見ることだった。私の感情はおじいちゃんが死の予告をされたことより、おじいちゃんの苦痛の大小によって左右された。

その夜、義妹が家に来て、姑の心臓発作は心配なくなったが、突然ぼけて夢と現実がわからなくなり、二十四時間誰かがつきっきりだという。義妹の姑は、点滴を外して、どこどこへ行かなくてはと言って外に出ようとする。自分で薬を飲んだり食事を食べたりできない。どうして急にあんなになるのかと義妹は不思議がり、心臓発作のショックからだろうかと言う。

私は今日先生に説明を受けたことを話したが、実父は死を宣告され、姑は手のかかる病人になった。そんな彼女の立場が痛ましかった。しかし彼女は私と違って、どんなに大変なときでもやつれきった印象を人に与えない。身内にこんな人がいるのがせめてもの救いでもあった。

大往生

十二月三日午後二時頃、病院からおじいちゃんの容態が急変したから至急来てくれと電話があり、義妹ととんでいった。ベッドのそばへ行った直後、お医者様が時計を見て、二時十五分と言った。

おじいちゃんはこの世の人でなくなった。

しかし私は涙が出なかった。あまりにも壮絶な五カ月間の闘病生活であったため、悲しさより、よく頑張ったねというねぎらいの気持ちしか湧かなかった。

切開された喉から管を突っ込まれて痰を取られ、腸の働きが悪くて浣腸され、カテーテルや吸引の管に血が混じっていた。見えない、食べられない、動けない、しゃべれない。それなのに意識はある。

延命治療の壮絶さに疑問も持った。延命治療イコール大往生なら、私は大往生は遠慮したい。

おじいちゃんが亡くなる前日、いつものようにおじいちゃんに声かけしていると、とても穏やかな表情をしていた。一緒にお見舞いに来てくれた人が声をかけると、笑顔のような表情も見せた。

これが命を完全に燃焼させて大往生する人の姿なのだろうか。
あんなに苦しんだのに。
壮絶な命との闘いも、
「これでよかったんだよ」と、
最期まで頑張った自分の寿命に満足感があったように私は感じた。

エッセイ

命の本音

面白くはないだろうが
実際に直面しなければわからない
自分の命に対する本音があることに気付いた。
最後まで目を通していただければ嬉しく思う。

一九九八年、十二月に入って商店街はクリスマスソングが流れ、私は年賀状、お歳暮、大掃除、買い物と例年の師走の行事を消化するべく、カレンダーを睨みながら気忙しい日々の中でおおよその計画を立てていた。のぼせ、肩こりなどはあっても一応私なりの健康状態であったから、この状態で予定の行事をこなし、無事新年を迎えられるものと思っていた。しかし明日のことはわからないもので、十二月八日、その日から二十二日間、予定の行事をすべて放棄して、日赤の一入院患者として過ごさなければならない羽目になった。

深夜からの嘔吐と腹痛に苦しみ、翌朝、次男の運転で病院に連れて行ってもらった。その車中で苦しさと不安から、人生もこれで終わりかと思うのと同時に、心が現役なこの状態で絶対に死にたくないとも思った。

今まで、人の命は運命によって定められていると思っていたから、もし「ガン」だと宣告されても、私は冷静に受け止められるだろうと思っていたのに……目の前に死の現実を感じたとき、「まだ惚けてはいない、この世ですべきことはいくらでもある」と抵抗している。この事実は意外だった。自身の命と死に対する本性をみた思いがした。体がどんな状態にあっても意識がある限り、心は命を守ろうとしているのかもしれない。

よく「ガン」の告知の是非が論議される。今までの私なら、知る権利があたり前だと思っていた。しかし今は違う。死を目前にして、それでも生きる気力と夢を冷静にもち続けていけるだろうか。

しかし勝手なもので、私はやはり数カ月の命であろうと直接告知されたい。あれほど死に対して抵抗したけれど、ベッドの上でマカロニ症候群状態（体にいろんなチューブを入れられている状態）になっているより、ホスピスに入り、肉体と相談しながら、この世ですべき事柄を一つでも二つでも片付けて最期を迎えることができたら、そのほうが自分の命に対して納得すると思う。

診断の結果は腸閉塞だった。内科で保存的治療を一週間余り行ったが軽快せず、結局、外科的に手術となった。飲食はもちろんのこと、喉の痛みで会話さえできなかったあのイレウスチューブや術後の苦痛も、これで命の心配から解放されると思えば精神的には楽だった。

病院のベッドで、また、いつどんな病気におそわれるかもしれないから、これからは有意義な生活を送らねばと心に誓ったことも、今は遠い昔の如く、一応人並みの健康を取り戻した現在の生活の中で、また「明日があるわ」と惰性の心が芽生えている。これもまた、私の本性である。苦しい日々が去ってまだ三カ月というのに。自分でもわかっている。こんな生活でいいのか、という葛藤と不安。そして雑用で一日を費やすこの現実。

しかし、病院と縁が切れたということは、自由の身になった証でもある。自由に行動できる幸せ。バタバタと毎日家事に追われているけど、そのバタバタと動ける体がありがたい。

人間にとって本当の仕事とは、死に直面した命と闘わなければいけない立場になったときじゃないかとさえ思う。入院して思ったことは、やはり我が家が自分の最高の居場所だということ。病院での生活は、病気の回復とともに窮屈になってきて、退屈さがまた苦痛を覚えるほどで、一日を長く感じるようになった。

現在、この健康な日常生活に戻ることができたのは、多くの人たちのおかげである。病院の方々はもとより、家族（姉たちを含め）や知人、友人のお世話になり、私を心配してくださる方々がこんなにたくさんおられたのかと思うと、意外な嬉しさだった。これからは、私自身が人様に受けたやさしさ、温かさに恩返しできるよう心を磨いていきたいと思う。

有意義な生活とは、健康に過ごさせてもらう一日一日に感謝する心を忘れないことから始まるのかもしれない。

つぶやきと短歌

日々の暮らし

亡き母へ

今日あなたへ手紙を書きたくなりました。

私がどうしてあなたの子供としてこの世に生まれてきたのか、そのわけが今わかったのです。

自分のことしか考えないわがままな私を、愚痴や不満やなじることを一度もしないで愛情いっぱいに育てられるのはあなたしかいないと、神様に見込まれたのですね。もし私がいなかったら、あなたは皺（しわ）や白髪も増えなくて、いくらでも楽な人生を送れたのでしょうに。

私も二人の男の子を授かりました。思春期の子育ての難しさの中で、子供は神様から預かった大切な命かもしれないと思い、心の深さ、忍耐力などあなたを見習わなければとの思いで偲んでいます。

もし結婚していなければ

もし結婚していなければ、私は今頃どんな生活をしているだろう。

自分一人のことだけ考えて気楽に暮らしているだろうか。

しかし、一人暮らしだろうが家族がいようが、生きている限り明も暗もある。

夫に気を使おうと、子供に逆らわれようと、やっぱり家族があってよかったと今は思う。

幸せは必ずしも意のままに行動できるところにあるのではなく、家族のしがらみの中で愛と絆を培ってきたところに（私の場合は）あるのかもしれない。

テレビ見ていたら

テレビ見ていたら
面白かったのでつい時間を忘れて
見てしまった。
空腹でもないのにお菓子があるから
次々と食べてしまった。
しなければいけない用事があったのに
つい後回しになって一日が過ぎた。
神様　惰性に流されない
特効薬はありませんか。

ノジスミレ

家が壊された空き地に、どうして草がはえ、花が咲いているのだろう。

何も考えずに自然だけに従って生きる植物のたくましさと、あまりにもいろいろなものを背負って生きなければいけない人間の業の深さを思う。

人間って強いのだろうか？　弱いのだろうか？

目一杯生きるということは、植物の雑草魂を持つということなのだろうか。

今日を生きるその命には、永遠のものではない重みがある。人も草も花も。

何処より
　舞いおりて来し　ノジスミレ
　　三十年ぶり逢う　都会の空き地で

もし私が今ポックリ死んだとすれば、何を一番に悔やむだろうと考えたとき、それは真実の生き方をしなかったことじゃないかと思った。

私に対し周囲の評判が良かったとしたら、それは世間体と自分とのバランスを計算しながら行動したということではないだろうか。

真実のみが花となり実となる。

真実でないものは腐敗した時間のゴミにしかすぎない。とすれば私は腐敗した時間のゴミをどれほど作ってきたことか。そう気が付いたとき、この先どのくらい生きていけるかわからないが、せめて花となり実となる小さな種のようでいいから、生きた証として誰かの心に残すことができるような生き方をしていきたい。

この世に私を生誕させ、計りしれない情愛をそそいでくれた両親の恩に報いるためにも。

あの頃は幸せだったと思うより、
今この状態の中でも幸せを見つけないと、
一生幸せは味わえないかもしれない。

今日の今、この時間は大事かもしれない。
でもシニアには明日の今日が気になる。
平穏な明日が来ることを信じて
今日の今を精一杯、何くわぬ顔して頑張っている。
明日の今日を見据えて
今日を生きる。

私の宝物

三月、古希を迎えた。

四月、上の前歯八本が義歯になった。

この日が来るのはわかっていた。恐れてもいた。歯根が割れたりぐらついたりして、差し歯はもう無理と歯科で言われていたから。

口の中に一日中異物が入っていて、毎日が義歯ストレスとの闘い。義歯を外して鏡を見る。今度は従来あった差し歯がないので、上唇が口の中に入り込む。と同時に皺(しわ)ができ、上唇にギュッと力を込めて口を閉じているように見える。歯をもとに戻す。義歯は何の主張もせず私の口の中できれいに並んでいる。

友達に「入れ歯見せてあげる」と言ったら、速攻で「いらん」と、皆ガードは堅い。私も他人の義歯は気持ち悪い。

被害者はいた。私の可愛い孫たち。「ほら、これがおばあちゃんの入れ歯」。手のひらに載せて目の前に差し出すと、戸惑いと哀れみが交じったような苦笑いをされた。

この口の中の異物との付き合いに悪戦苦闘しながら一週間ほどたったある日、重大なことに気が付いた。もし夜中に地震が起きたら迅速な行動の一番は義歯の装着だと思った瞬間、ストレスの源であるこの義歯がなんと貴重品の一位にとび上がってきた。

食べ物を噛む私の体の一部であると同時に、歯無しの老顔を、古希前の口元に修復してくれた、何よりも大切な宝物でもあった。

あとがきに代えて

生きるのに無器用な人間でも、コツコツ生きていたら、絶対花は咲く。今日や明日でなくてもいい。花は咲くと信じられなくても、自分の夢にどれだけエネルギーをつぎ込むことができるかということかもしれない。花は咲かなかった。

でも自分の人生に絶対花は咲いている。情、愛、絆などたくさんの花が。

人間は音楽、書物、自然界の風景や植物、動物といろいろなものに支えられて生きている。支えてもらっている。生きている限り新しい一日が始まり、新しい出来事の中で過ぎていく。

理想の生き方でしかないかもしれないが、暗を明に変える心を持って前向きに生きるしかない気がする。

もし何かしらの希望が欲しいなら。


古希を過ぎて、私は私らしく生きてみようと思った。

この終活ノートはチャンス到来だった。

すべてを曝(さら)け出した近所のおばさん、いや老女、何でもいいけど。多分人はどこかで同じ失敗をしたりして精神的に繋がっているものがあるのだと思う。

祭りきて
猛暑の中を
人々は
だんじり囃(ばや)しに
元気をもらう

著者プロフィール

竹内 生子（たけうち せいこ）

1944年生まれ。

長崎県出身、大阪府在住。

本文作品中、「縦横の絆」（p132）は読売新聞、「私の宝物」（p162）は産経新聞夕刊に掲載された。

そよ風さんとシルバーライフ

2016年10月15日　初版第１刷発行

著　者　竹内 生子
発行者　瓜谷 綱延
発行所　株式会社文芸社
〒160-0022　東京都新宿区新宿1－10－1
電話　03-5369-3060（代表）
03-5369-2299（販売）

印刷所　株式会社フクイン

ISBN978-4-286-17664-2